희망을 꽃 피우는 해양경찰

희망을 꽃 피우는 해양경찰

해양경찰 홍보대사

명기환 시집

도서출판 도훈

바다에 오면 시를 쓰게 된다.

바다에 오면 내가 시인임을 깨닫게 된다.

24시간 망망대해를 항해하면서 내가 느낀 것은 고맙다는 인사말 뿐이다.

일흔여덟 나이에 한 편의 시를 찾기 위해 내 열정을 깊이 이해하고 배려해 준 목포해양경찰서 정영진 서장님과 직원들

해양경찰은 하루 8시간씩 3교대 당직 끝나면 고된 훈련

시인은 무얼 할 것인가

한 편의 시를 안 쓰면 밥을 한 끼 굶는다는 각오로 시를 쓸 수밖에 텔레비전도 안 본다.

바다는 변화가 많거나 종잡을 수 없이 거센 파도를 안겨 주고 때로는 숨 막히도록 아름다움, 바다에서 떠오르는 해를 보며 희망을 심어 주며 강한 해양경찰로 거듭나게 한다.

바다는 그래서 생명의 보고

그 보고를 가꾸고 지키는 해양경찰 대원들 곁에서 나도 영원한 해양경찰임을 스스로 다짐해 본다.

3009함. 1509함 출동 때마다 함께 해 준 목포해양경찰서 홍보실장 강성용 경위, 54살 나이답지 않게 때로는 새벽 2시에 일어나 행사 계획, 훈련 준비에 소홀함이 없는걸 보고 그 강한 책임감에 조금은 놀란다.

　내 원고를 신문, 방송, 통신사로 보내 해양경찰 활약상을 놓치지 않고 보도에 신경 써주는 그 노력에 깊은 고마움을 느낀다.

　바다가 얼마나 넓고 깊은 줄을 모르기에 더 겸허히 시를 쓸 수밖에 없다.

　해양경찰들은 성웅 이순신 제독의 난중일기를 본받아

　항해일지를 쓰기에 자랑스러운 시인이 되기를 기도해 본다.

　항해에 관심을 갖고 배려해 주신 서해청의 지킴이(군산, 부안, 목포, 완도, 여수) 김도준 청장에게도 감사의 인사말을 드리며 이 항해 시를 책으로 만들어주신 정영진 서장님, 그 큰 뜻을 잊지 않고 더욱 좋은 시를 써 보답하겠다고 약속드립니다.

　더불어 바쁘신 와중에도 시집발간 기념 헌사로 축하해주신 대한민국예술원 이근배 회장님께 진심으로 감사의 인사를 드립니다.

　모든이에게 바다는 그리움일 수 있고 꿈일 수도 있기에 내 항해는 끝이 아니고 항상 시작입니다. 앞으로도 해양경찰이 있는 곳이면 다 찾아가 시로 노래 부르겠습니다. 든든한 해양경찰이 있어 시인은 행복합니다. 모든 해양경찰 가족들의 건강과 건승 기원하며 이 시집을 바칩니다.

2020년 10월 1일

명기환

"희망을 꽃피우는 해양경찰"

시집 발간을 축하드리며

바다의 시인이자, 해양경찰 홍보대사 명기환 시인의 시집 발간을 진심으로 축하드립니다.

명기환 시인께서 서·남해역 불법 외국어선을 단속하는 경비함정에 직접 승선해 망망대해에서 해양주권 수호와 코로나19로 해상 차단 경비로 헌신하는 해양경찰의 활동상을 체험하고 이를 바탕으로 주옥같은 여러 시로 표현함에 깊은 감명을 받았습니다.

시인께서 작년과 올해 총 세 차례에 걸쳐 경비함정에서 써 내려 간 시를 통해 거친 파도와 바람에 맞서는 우리 해양경찰의 위상을 높이는 동시에 자부심과 긍지를 불어 넣어 주었습니다. 또 우리의 서해 바다를 사랑하는 마음을 가슴 깊이 느낄 수 있었습니다.

특히 우리 목포해경은 올해 선진함정근무의 정상화 계기를 마련하기 위해 '아젠다 4대 중심 과제'를 실천하며 이를 본격적인 궤도에 올려놓았습니다.

　또한 '경비함정 섹터책임제'를 통해 당직 근무를 내실화하고 스마트한 항행안전정보를 제공함으로써 거안사위(居安思危)라는 말의 의미를 되새기며, 해양 사고에 선제적으로 대응하는 등 서·남해 해양주권 수호와 안전하고 깨끗한 바다, 그리고 국민의 안전을 최우선으로 역량을 발휘해 나가고 있습니다.

　이번 시집 발간을 통해 앞으로도 해양경찰의 홍보대사 겸 3015함 명예함장으로서 계속적으로 발전해나가는 우리 해양경찰에 많은 관심과 사랑을 부탁드리며, 아낌없는 응원과 건승을 기원합니다.

2020년 10월 1일
목포해양경찰서장 정영진

'섬 대통령' 명기환 시인의 시집 발간을
축하드리며…

바다와 섬을 사랑하는 명기환 시인님의 시집 발간을 진심으로
축하드립니다.

그동안 해양경찰 홍보대사로 활동하시면서, 다수의 시를 통해
서·남해안의 아름다운 절경과 해양경찰의 활약상을 표현해 주셨
습니다.

특히, 해양경찰 경비함정에 승선하여 해양경찰관들과 직접 호
흡하며, 해양경찰관들의 애환과 소소한 일상을 표현한 시들은 우
리들에게 깊은 감명을 주고 있습니다.

해양경찰을 사랑하는 명기환 시인님의 시집에서 늘 강조하시
는 "국민과 함께, 안전한 바다를! 해양경찰을 위하여" 우리 해양경
찰인들도 각자의 위치에서 본연의 일을 사랑하며 최선을 다할 것
을 다짐합니다.

　　최근 코로나19와 수해로 힘겨운 일상을 보내고 있는 요즘에 '희망을 꽃피우는 해양경찰' 시집을 통하여 국민들께도 많은 희망을 줄 수 있는 '희망의 시집'이 되기를 기원합니다.

　　다시 한 번 시집 발간을 진심으로 축하드립니다.
　　감사합니다.

2020년 10월 1일
서해지방해양경찰청장 김도준

모국어의 바다에 바치는 헌사(獻辭)

이근배

(시인·대한민국예술원 회장)

오늘 우리는 눈부시게 아침 해를 받치고 일어서는 내 나라의 바다를 만난다. 국토의 끝 남녘 바닷가 마을에서 가슴에 바다를 키우며 자란 소년은 우리의 모국어로는 다 그려낼 수 없는 저 미지의 세계를 동경하다 바다의 시인이 된다.

명기환 시인은 1963년 갓 스무 살 때 한국 시문학사라는 너른 바다를 향해 「출항시화전」으로 닻을 올린 후 그의 깃발은 파도와 더불어 바람과 더불어 갈매기의 울음과 더불어 높이높이 펄럭였고 그의 항해는 언제나 만선으로 돌아왔다.

오죽하면 일찍이 스승 미당(未堂)께서 명기환 시인의 바다 사랑과 그로 하여 쏟아내는 숨 가쁜 시 정신에 "섬 대통령"으로 이름하셨을까. 그 명명(命名)이 헛되지 않아 해양경찰 홍보대사로 선임되니 시인으로서 영예일 뿐 아니라 시단으로서도 경사라 하겠다.

"바다를 정복하는 자는 세계를 정복하게 된다"라는 M·T 키케

로의 말을 빌지 않더라도, 저 임진왜란으로 나라가 위기에 처했을
때 열두 척의 배로 왜적을 물리친 충무공 이순신 장군이 이룩한
세계 해전사 불멸의 신화가 그렇듯이 인류 역사는 바다에서 승리
하는 자의 몫으로 하고 있다.

　명기환 시인은 이제 바다의 제사장이 된다. 그의 시는 자유, 평
화, 그리고 나라의 융성을 비는 헌사요, 기도문이다.

　　이 바다가 아름다움은
　　세계가 하나이기에
　　세계의 바다는 하나다

　　그 바다에 갇혀 있는
　　그림자가 아니라
　　가장 높이 나는 새다

　　작가는 가까운 곳을 보고

먼 곳을 알기에
항상 날기를 연습한다.

아름다운 서해 바다의
길잡이로 나선다.

이 바다가 아름다움은
세계가 하나이기에
세계의 바다는 하나다

- 「세계의 바다는 하나다」 전문

　그렇다. 바다가 어찌 둘이고 열이고 백이겠는가. 바다는 어머니
고 아버지고 사랑이고 평화이다. 그 품 안에서 또 하나의 우주인
바다의 말씀, 바다의 노래를 듣고 부르는 시인은 얼마나 행복한가.
광개토대왕의 명예 함장으로 오대양 육대주를 탐험하며 몸속에
키운 시심을 어찌 다 쓸 수 있겠는가. "나의 항해는 아직 끝나지 않
았다"라고 외치는 명기환 시인이 펼치는 바다의 헌사를 가슴 뜨겁
게 읽으며 그의 사봉필해(詞峰筆海)에 더 크고 밝은 해가 솟아오
르기를 빈다.

희망을 꽃 피우는 해양경찰

차례

시인의 말 · 4

시집 발간을 축하드리며

　목포해양경찰서장 정영진 · · · · · · · · · · · · 6

　서해지방해양경찰청장 김도준 · · · · · · · · · 8

　이근배 시인 · · · · · · · · · · · · · · · · · 10

해양경찰의 노래 (1) · · · · · · · · · · · · · · · · · 16

해양경찰의 노래 (2) · · · · · · · · · · · · · · · · · 18

서해지방해양경찰청 · · · · · · · · · · · · · · · · 20

백경이 된 1509함 · · · · · · · · · · · · · · 23

나 섬이 되기 위해 독도에 왔노라 · · · · · · · · · · · · 24

서해 바다 불침번 해양경찰 3009함 · · · · · · · · · · 26

해양경찰교육원 훈련함 · · · · · · · · · · · · · · · 28

광복 75주년, 나라사랑 바다사랑 · · · · · · · · · 30

찬미의 시 · 32

그대 이름은 해양경찰 · · · · · · · · · · · · · · 33

바다에 대한 맹세 · · · · · · · · · · · · · · · 35

고서 영해기점 · 36

해양경찰 1509함에 부쳐 · · · · · · · · · · · · · · · 39

바다에서는 말이 필요 없다 · · · · · · · · · · · · · 40

고마운 해양경찰관에게 · · · · · · · · · · · · · · · 41

목포해상케이블카 · · · · · · · · · · · · · · · · · · 42

일출을 보며 · 45

칠월, 그리고 팔월의 바다 · · · · · · · · · · · · · · 47

고마운 조리장 '소원'님께 · · · · · · · · · · · · · · 48

여경의 기도 · 50

해양경찰 의경대원 · · · · · · · · · · · · · · · · · · 53

해양경찰의 기도 · · · · · · · · · · · · · · · · · · · 54

바다의 영웅 · 55

세계의 바다는 하나다 · · · · · · · · · · · · · · · · 57

매혹적인 바다이야기 · · · · · · · · · · · · · · · · · 59

가을 바다 · 61

한·중 잠정조치수역을 순찰하며 · · · · · · · · · · · 62

바다의 수호신 '해양경찰' · · · · · · · · · · · · · · 64

여름 바다 · 65

해경의 꽃 · 66

3015함에서

  - 항해 첫째 날 · 68

  - 항해 둘째 날 · 71

  - 항해 셋째 날 · 72

  - 떼로 몰려다니며 고기 잡는 중국 어선을 보며 · · · · · · 74

  - 항해를 마무리하며 · · · · · · · · · · · · · · · · · 76

  - 고마운 사람에게 그리움을 전하며… · · · · · · · · · · · 78

파도는 푸른 산맥을 타고 하얀 그리움을 만들어 낸다. · · · 80

바다새 · 84

출명 · 86

바다에서 맞은 광복절 · 88

기관은 배의 심장이다 · 90

바다 위 한 끼 식사 · 91

백발 노장의 노래 · 92

최초의 여경에서 함장까지 · 94

가거도에서 · 95

가거도 · 96

홍도여 · 99

홍도의 사랑 · 101

섬을 찾은 이유 · 102

흑산도 · 103

땅끝의 노래 · 105

고속단정 · 107

명예 승조원 · 109

젠틀맨 · 111

서해 바다 항해를 마무리하며 · · · · · · · · · · · · · · · · · 112

내 나이 일흔여덟에 · 114

청자의 혼 · 116

가거도 멸치잡이 노래를 들으며 · · · · · · · · · · · · · · · 117

장도 · 119

해양경찰의 노래 ⑴

바다가 끝이 있을까?
바다는 항상 시작이라네.

우리는 바다를 지키는
바다를 사랑하는
대한민국 해양경찰

우리는 바다를 지키느라
태평양 같은 넓고 푸른
가슴을 지녔노라

외로운 섬, 낙도에서 그물을 건져 올리는
늙은 어부들의 보호자
망망대해, 하늘과 바다뿐

거센 파도에 시달리며
고기 잡는 어선들의 불침번이자 수호신
우리는 오대양 육대주를 누비는
아, 자랑스러운
대한민국 해양경찰

우리는 오대양 육대주를 밝혀 주는
평화의 등대
명예롭고 영광스러운
대한민국 해양경찰이다.

해양경찰의 노래 (2)

파도는 하얀 꽃이었다.
꽃이 가득한 푸른 바다는
우리네 희망이다.

우리는 바다를 지키는
대한민국 해양경찰
흔들리지 않는 평화의 등대
바다의 경찰

해양자원 지키고 해양 사고 없는 안전한 바다
우리 어선 지키고 해양오염 없는 청정한 바다

외로운 독도야 우리가 있다
가거도 섬아 우리가 있다

동해 바다 서해 바다 헤치고 나가자 해양경찰
세계로 나가자 함께 나가자

(후렴)

우리는 바다를 지키는 대한민국 해양경찰

흔들리지 않는 평화의 등대

해양자원 지키고 해양 사고 없는 안전한 바다

우리 어선 지키고 해양오염 없는 청정한 바다

아, 해양경찰, 영원하라

우리 모두 하나다.

자랑스러운 해양경찰

서해지방해양경찰청

"해양경찰은
깨끗하고 평화로운
바다를 지키기 위해
24시간 쉬지 않은
파수꾼입니다."

"국민과 함께,
안전한 바다를!
해양경찰"

서해지방해양경찰청은
2도 6시 17개 군
면적(70.797km² 해안선 2,160km)
군산은
서천군 장항읍 원수리에서 부안군 가력도
부안은
부안군 가력도에서 고창군 자룡리
목포는
고창군 자룡리에서 진도
완도는

진도대교에서 보성군 회천면 율포리

여수는

보성군 회천면 율포리에서

경남남해

2도 6시 17개 군의 바다를

지켜주고 있는

어쩜 지금도 상황실에 있을

김도준 청장님의 고마운

얼굴을 그려 본다

제주 5002함에 편승하여

시를 쓸 수 있게 계획을 세워 준

강승남 서해청 청문감사 담당관에게도

고마움을 표한다.

바다는 항상 새롭게 출렁이고

우리 인생의 항해는 즐겁고

바다는 새로운 도전이고 출발이기에…

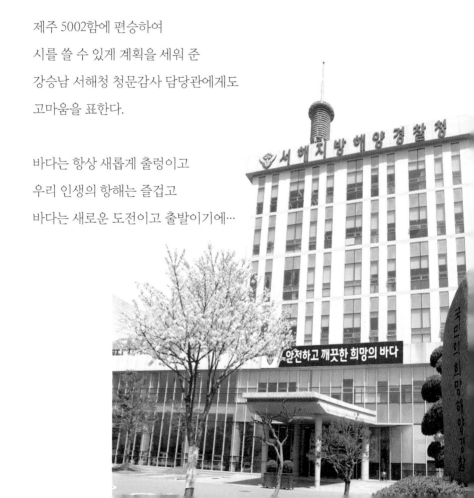

백경이 된 1509함

75주년 광복절 오후
1509함은
흰고래가 된다.

하늘 높이
거대한 하얀 포말을 뿜으며
물보라를 일으킨다.

거대하고
웅장한
하얀 보석 흰고래

흰고래는
해양영토를 지키는
우리 모두의 자랑이다.

나 섬이 되기 위해 독도에 왔노라

– 5001함에 부쳐

5001함은

또 하나의 독도였다

바람이었을까

스치고 지나는 파도 소리였을까

독도로 띄우는 사연이

머무는 5001함은

또 하나의 독도

바다는 푸른 융단을 깔아 놓듯

5001함의 섬

또 하나의 섬은 미끄러지듯

독도의 유혹에 흔들리네.

푸른 바다 짙푸른 바닷속

그 깊은 속 내음을

아직은 드러내 놓지 않고

5001함이 독도에 온

사연을 알기나 한 듯 바람으로 왔다

바람이 머무는 곳

5001함은 대한민국 동쪽 땅끝을

지키는 제일 큰 섬

또 하나의 독도였다.

서해 바다 불침번 해양경찰 3009함

3009함은
삼천만을 구함이니
여기에 승선한 이는
그 명예와 영광이
남다를 거나

출항의 기적이 울릴 때
건강한 팔뚝에는
용기와 희망이 솟아나고
우리의 자랑스러운 해양경찰은
푸른 파도를 힘차게 가르네.

코로나19 여파가
겨울, 봄, 여름까지 오면서
삶의 피로와 고달픔이 우리를 위축되게 만드는데
바다를 지키는 해양경찰은 맡은 바 임무를 소홀히 할 수 없다

어려울 때일수록 슬기롭게
극복해 나가는 우리의 국민성
강한 사명감을 다짐하고

어려움을 겪고 있는 국민 모두에게
희망의 안부 메시지를 보내자

3009함 오훈 함장을 비롯하여
전 대원들은 서해 바다를 지키는 수호신이다

광활한 바다!
우리 영역을 엿보는 수많은 중국 어선 배
그곳에서 서해 바다의 불침번으로
거듭나는 해양경찰에게 뜨거운 박수를 보낸다.

해양경찰교육원 훈련함

- 3011함에 부쳐

"여기서 바다를 꿈꾸며 배우고 지킨다."
'해양영토 순례 안전 항해를 기원하며'
"돛을 올려라" 선창시
"훈련함 바다로" 후창하고

해양경찰 조현배 청장님의 격려 전화를 받으며
3011함 아름답고 물 흐르듯이 아름다운
한려수도 벗어나 독도로 향한다.

의지의 섬
우리가 꼭 지켜야 할 섬
바다는 진한 청색
파도는 다이아몬드처럼
하얀 보석을 만들고
3011함은
뜻깊고 의미 깊은 항해를 한다.

"우리 바다를 지키며 우리 바다의
치안을 담당할 인재를
양성하고 있는 해양경찰교육원의

고명석 원장이 들려주는 미래 자원의 보고
바다에 얽힌 재미있고 신기한
바다와 친숙한 강의"

독도는 생명이 숨 쉬는 기도의 섬
커다란 바다를 품고 있는
우리의 마지막 보루 희망의 섬이다.

광복 75주년, 나라사랑 바다사랑

아!
대한민국 만세다

1509함
태극기 앞에서
떠오르는 해를 보며
국기에 대한 경례
나라사랑 바다사랑

코로나19에 아픔을
겪고 있는 국민들에게
최장기 장마 수해로
상처받은 이에게
이제는 시작이다

새롭게 일어서자
가장 어려울 때 힘차게 일어서는
강한 국민이 아닌가.
우리는 이겨낼 수 있다
서로 믿고 의지하고 힘이 되는

오천만의 대한민국

국민들이여
바다 위에서 떠오르는
찬란한 태양
우리는 희망을 다짐한다.

2020.8.15.(토) 국토 최서남단 가거도 해상
1509함 이영완 함장 이하 승조원들
목포해양경찰서 홍보실장 강성용
모두에게 고마움을 표한다.

국토수호에 24시간 불철주야로
철통같이 바다를 지키는 해양경찰의 노고에
떠오르는 태양에 감사의 기도를 전한다.

해양경찰이여 영원하라
희망을 잃지 않은 국민들이여
힘들면서도 몸을 아끼지 않은 국민들이여
우리 모두 대한민국 만세다.

31

찬미의 시

밧줄에 걸린
태양

붉은 기운
바다에 내뿜다

하늘로 향한 염원
십자가로
온누리를 밝히느니

우리가 해야 할 일
나라 평안, 바다 평안
기도뿐

그대 이름은 해양경찰

강한 햇볕에 그을린 해양경찰관
파도의 깊이만큼
생각이 깊고 넓다

끝없는 수평선
크고 넓은 바다만 바라보고
항해하였기에
해양경찰의 넉넉한 마음가짐
바다사랑 나라사랑

안전하고 깨끗한 희망의 바다
우리가 지켜야 할 해양영토 위에
명예를 새긴다.

바다에 대한 맹세

"현장에 강한,
신뢰받는 해양경찰"
우리의 영토와 주권은
우리가 확실히 지킨다.

"더 큰 대한민국을 위한 선진 해양경찰"
우리의 영토와 주권은
우리가 확실히 지킨다.

바다는
우리의 생명을
지켜주는
젖줄
목마른 갈증을
풀어 주는
오아시스다

고서 영해기점

광복 75주년 아침
신안군 홍도 북서쪽
고서 영해기점

바다 건너 찾아보니
반갑다
우리 해양영토

단정에 몸을 싣고
고서도 앞 해상에
태극기 휘날리네.

바람이여!
새 희망으로
우리에게 다가오는 바람이여!

씻기고 씻겨도
천년을 버텨 온
우리 영토여

품고 온 태극기 휘날리며
나라사랑, 바다사랑
해양경찰이여 영원하라.

해양경찰 1509함에 부쳐

아!
참 잘 생겼다
경비정 1509함

날렵하고 수려함
뽐내듯 제 위용을 자랑하는
길이 98m, 높이 27m, 속력 20노트

수평선에 하얀 꽃으로
태풍 속에서 한 점 섬으로
노병은 늙는 것이 아니라
지혜로 산다.

정년 2년 앞둔
이영완 함장
무거운 책임감으로 먼저 출근

1509함은
하얀 점이 되어
바다를 지키고 있다.

바다에서는 말이 필요 없다

바다와 하늘이

한 폭의 그림처럼 펼쳐진 창가에서

별빛 같은 사랑 별빛 같은 희망

별빛 담을 망태기 하나 짊어지고

미리내 내리는 길목에서

사랑 연습

가슴 깊이 묻어 둔

말 한마디

눈빛으로 전하는 그 깊은 경지를 깨닫기 위해

고즈넉한 사찰이나 찾아가

큰스님과 차 한잔 나누며 묵언이나 배우고 올거나

어느 외딴섬에 파도

물결 갈피에 끼여

사랑의 시 한 편 띄워 보낼 거나

말을 줄이자

"침묵은 금"

금을 가득 주워 담자

별빛 담은 망태기

그 빈자리 시로 채우기 위해…

고마운 해양경찰관에게

"삶이란"
인간관계 연속이다
고마운 사람이 있다는 건 얼마나 행복한 일인가

내 나이 일흔여덟에
목포해양경찰서 정영진 서장님과의 만남
인자하며 온화한 성품을 지닌 일품 덕장이다

바다를 좋아하고 해양경찰을 사랑한 시인은
8박 9일간 쉼 없이 상황에 바쁘게 돌아가는
해양경찰 24시간의 출동 일상을 시로 보답한다

긴 출동과 강풍 속에서 안전한 바다를 위해
힘들어도 자기 몫을 다하며 몸을 아끼지 않는
서해 바다 불사조
"해양경찰 있어 든든합니다." 그리고 "감사합니다."

목포해상케이블카

아름다운 풍경
기암괴석과 층층 바위가 수려한 유달산을 지나
푸른 다도해를 안으니
낭만 항구 목포다

국내 최장 3.23km 거리
국내 최고 155m의 아찔한 높이의
목포해상케이블카에
몸을 맡긴다.

목포의 얼굴
유달산을 가슴에 품으며
다도해 푸른 절경에 감탄하고
작은 소망 바란다.

이순신 장군이
108일 머물렀던
고하도로 가는
목포해상케이블카
크리스탈 캐빈 아래로

내려 보이는 형형색색 목포 시가지
하얀 포말을 내 품고 달리는 쾌속선
한눈에 펼쳐지는 웅장한 목포대교

저 멀리
아름답고 아름다운 천사대교는
우리를 반기며 사랑의 하트를 보낸다.

황금빛 저녁노을에
낭만 케이블카는 그네를 탄다.
붉은 꽃씨 뿌린 것 같은
천상의 아름다움
황홀함 그 자체다

목포해상케이블카 저편
황금빛 낙조, 휘황 찬란한 야경에 가슴이 요동친다.
이제 그대와 낭만을 즐겨 보자

일출을 보며
- 1509함에서

싱그러움과 향기로움이
바닷바람에 실려
수평선 위에 서기가 내린다.

여인의 눈썹같이
바다에서
서서히 떠오르는 해

동해의 일출은
팔뚝이 굵은 어부가
그물을 끌어올리듯 힘찬데

오늘 서해의 해는
수줍음을 한아름 머금고
부끄럼타는 여인의 미소로
떠오른다.

칠월, 그리고 팔월의 바다

칠월의 바다가
달콤하고 황홀하다면
팔월의 바다는
향기롭고 싱그럽다

여름의 바다는
푸른 물감으로 뿌린 아름다움의 극치다

2020년 8월 15일 06시 08분
오늘은 75주년 광복
수평선 위로
떠오르는 일출

신종 코로나19에 역대 최장 장마
수해 입은 어려운 이웃에게
희망의 태양
그 찬란한 빛으로
상처를 어루만지게 하소서

고마운 조리장 '소원'님께

바다에 떠 있습니다.
24시간 바다 위에 떠 있습니다.
파도를 받은 작은 섬 1509함이 흔들거립니다.

경비함과 떠 있는
해양경찰 승조원들은
허기집니다.

식사 준비하는 취사장
진도군 서거차도 출신 일등 조리장
소원님의 음식을 조리하는 모습을 봅니다.

서거차에서
가져온
자연산 톳, 마른 우럭, 싱싱한 야채, 묵은 김치…

그의 손맛에
묻어나는 고향의 맛
건강한 식단에는 청정해역의 건강 밥상입니다.
고된 훈련에

넘치는 건강 식단으로
하루하루가 즐겁습니다.

보람된 나날
소원님의 이름에 맞는
건강을 소원으로 책임집니다.

만나는 이마다 자랑합니다
건강을 지켜주는 보석을 만났다고
1509함 승조원은
똘똘 뭉친 하나의 가족이 됩니다.

여경의 기도

우리는 바다에서 꿈꾼다.
우리는 바다에서 기도한다.

우리에게 거센 파도를 헤치며
나아갈 수 있는
힘과 용기를 주소서

바다를 지켜 나가는 사명감
임무를 완수할 수 있는
건강을 주소서

직장과 가정
둘 중에 하나라도 소홀히 할 수 없는
용기와 지혜를 주소서

따뜻하며 섬세한
여경으로서의
존경받는 본보기가 되게 하소서

자녀들에게는

바다를 사랑하며 가꾸는

바다의 꽃으로

영원히 기억될

훌륭한 어머니가 되게 하소서

바다를 사랑합니다.

해양경찰 의경대원

쉼 없이 계속되는 해상 출동
폭염에 갑판이 뜨겁다

계속되는 소화방수, 인명구조훈련
우렁찬 목소리
굵은 땀방울
듬직한 어깨, 꽉 조인 허리띠

자랑스럽다
믿음직스럽다
멋있는 의경대원

수평선 위에
떠 흐르는
한 점 섬 해양경찰 경비함

바다의 꽃
파도에 피어난 하얀 꽃
해양경찰 의경대원

우리는 해양경찰
파이팅!

해양경찰의 기도

포세이돈!
바다의 신이시여
내가 자랑스러운 대한민국 해양경찰이 되었음을 영광되게 하소서

어둠을 밝힌 빛
어업의 생존권을 지켜주는 등대이게 하소서
인류의 마지막 보루인 바다를 청정해역으로
지켜가는 충실한 파수꾼이 되게 하소서

애비 눈뜨게
인당수에 몸을 던진 심청이
꽃으로 환생하듯이
거센 파도를 가르는 향기로움 잊지 않은
바다의 꽃이 되게 하소서

바다여!
사랑이여!
우리네 건강한 팔뚝이여
오대양 육대주를 누비는 자랑스러운 대한민국 해양경찰로
거듭나게 하소서.

바다의 영웅

"해난 구조의 전설을 만든
바다의 영웅들
투철한 사명감과
위험을 두려워하지
않는 용기"

그건
땀 흘려 노력한
흔적

거친 바다에 도전
강한
의지를 보여주자

바다에 겸손
바다에 겸손

바다 지킴에
새로운 이정표를
쓰게 한다.

세계의 바다는 하나다

이 바다가 아름다움은
세계가 하나이기에
세계의 바다는 하나다

그 바다에 갇혀 있는
그림자가 아니라
가장 높이 나는 새다

작가는 가까운 곳을 보고
먼 곳을 알기에
항상 날기를 연습한다.

아름다운 서해 바다의
길잡이로 나선다.

이 바다가 아름다움은
세계가 하나이기에
세계의 바다는 하나다

알고 보면 신기하고 재미있는 Sea Story

당신만 몰랐던 매혹적인 바다이야기 27

고명석의 알신잼 SEA

청미디어
CHEONG MEDIA

매혹적인 바다이야기

우리는 바다에 살면서도 바다를 알지 못한다.
바다는 변화무상
겸손한 자만이 살아남는다.
밀려오는 고독 속에 자신과의 싸움
바다에 대한 경이로움

한 권의 책이 눈에 들어온다.
'당신만 몰랐던 매혹적인 바다이야기'
호기심과 설렘으로 책장을 연다.
500년을 산다는 그린란드 상어
장수를 바라는 인간의 자연스런 소망으로 이어진다

차가운 물에서 욕심 없이 느리게 살아가는 그린란드 상어
먹잇감에 서두름이 없는 생태 방식

한 오백년을 살아가는 그린란드 상어
상상이나 했겠는가.
바다에서 건져 낸 싱싱한 보석을 가슴에 간직한 기분이다

가을 바다

가을 바다 위에 바람이 서걱이며 운다.
꽃잎 사이로 붉게 물든
그리움에 적신 석양은 우리네 눈물
보석처럼 떨어져 빛이 되어
소리 내어 운다.

흐느끼던 파도 소리가
어이 노을만 탓인가
노을은 진하게 수놓으며
이 시대에 아픔을 통곡하듯
맘 놓고 부서져라 소리 내어 운다.

우리네 가을 바다는
빛바랜 추억 한 장만을 남기며
물속에 가라앉고 만다.

한·중 잠정조치수역을 순찰하며

바다는 말이 없다
한국과 중국의 배타적 경제수역
경계미획정해역, 한·중 잠정조치수역 자존심 싸움
해양과학조사선 온누리호
근접 경계 호송의 임무를 충실하게 수행하기 위해
파도를 가른다.

양자강에서 흘러내리는 황톳물로

고기 씨가 말라 청정해역을 수시로 눈독 드리는 중국 어선들
해경의 경비함은 날카로운 눈빛으로 긴장을 풀지 않는다.

생존권의 다툼에 소홀함이 없다
2020년 7월 9일 21시(Fix 33-26N, 124-08E) 시작
다음날 22시(Fix 34-41N, 124-05E) 꼬박 25시간 순찰
우리 국토 3009함은 자랑스럽다

25시간 적막이 흘렀다
적막함 속에서 바다의 호성만을 배우게 해 준다
바다는 하루보다 긴 침묵으로 새롭게 돋아난다.

바다의 수호신 '해양경찰'

바다에서 꾸는 꿈
바다에서 띄우는 연서
칠월의 바다는 황홀하고 달콤하다.

바다는 우리의 식량자원의 보고
어민들의 안전한 삶
윤택한 생활의 길잡이
바다지킴이 해양경찰은 바다의 꽃이다.

떠 흐르며 물결 흐르는 대로 가는 것이 아니고
세찬 파도를 가르며
국토를 지키는 수호신이다.

우리가 생명을 바쳐
지켜야 할 바다
평화의 땅
파도의 울림

파도여! 기억하라
해양경찰의 활약상을
가장 귀하고 귀한 황금어장 서해 바다
이곳의 3009함은 우리의 조국이며 영토다.

여름 바다

인생의 뜰에
한 그루 나무를 심듯
목마름 없이 살아가는
지혜의 샘

무한 광대의 바다는
철학자의 꿈을 키운다.

해경의 꽃

- 김세화 경위

아름답고

또

아름다운 섬

가

거

도

앞에서

김세화 경위는

푸른 파도를 보고

웃고 있었다

꽃처럼

항상 아름답고

곱게 보였다

오늘

3015함

조타실에서

수평선을 바라보는

강한 눈빛에

바다 지키는

근무 자세를 보고

바다를 지키는 꽃

여자 해양경찰을

대표하는

마음속으로

색소폰을 불고 있을까

한여름밤 시의 향연

2006년 8월 18일

목포 시청 앞 광장에서

해군군악대 연주

그때 정보과 경장이었던

김세화의 색소폰

'떠나가는 배' 연주에 맞춰

시를 낭송한 인연으로

김세화 경위를 보면

바다에 피어오르는

해경의 꽃으로 불러도

손색이 없음을

시인의 눈으로 확인한다.

바다여!
푸른 바다여!

항상 우리의 꿈이
이루어지도록

출렁이거라
출렁이거라!

3015함에서
- 항해 첫째 날

바다에 왔습니다.
그냥
바다가 아니라
자랑스러운
대한민국 해양경찰이 지키는
바다에 와 있습니다.

부-웅
출항의 기적이 웁니다.

임진왜란
7년
이순신 장군이
108일 머물렀던
고하도를 지나

서남해의 땅끝
화원반도 시하 등대를 지나
3015함은 전국의 35%에
달하는 도서와 작은 어선들이

대거 몰려 있는
우리나라 대표적인
수산 중심 해역
중국 어선 불법조업 단속

그 사명감을 갖고
푸른 파도를
가르고 있습니다.

3015함에서
- 항해 둘째 날

파도밖에 없다
더 이상 갈 곳 없는
최 서남단
영해기점
소국흘도에
태극기가 자랑스럽다

파도에 씻기다 못해
상처받은 얼굴
상할 대로 상한 바위는
강한 남성의 매력으로
섬의 위엄을 지킨다.

건국 백 년에
태극기(국토)를 지키는
해양경찰도 자랑스럽다.

3015함에서
- 항해 셋째 날

우리는 바다를 안다

먼저 간 이의 개척 정신

바다 사랑을 알기에

우리는 바다 지킴에

소홀함이 없다

우리의 주권

영해를 지킴에

보람과 긍지로

우리는

새 역사를 쓰고 있다

콜럼버스(1451-1506)

마젤란(1480-1521)

장보고(?-846)

이순신(1545-1598)

넬슨(1758-1805)

도고 헤이 하치로(1848-1934)

"바다에 도전하는 자

강한 자가 되었으며

바다를 지배하는 민족이

세계를 지배했고…"

3015함에서
– 떼로 몰려다니며 고기 잡는 중국 어선을 보며

수평선에 배 한 척도 없다

갈매기도 없다

밀려왔다 밀려가는 파도의 출렁임

푸른 파도는 하얀 꽃밭을 만들고

금어기라 고기 잡은 배들이 보이지 않는다는

말이 부끄럽듯

2019. 06. 17. (월) 17시 42분 32초

33°53.366'N 124°17.155'E

한눈에 봐도 셀 수 없을 정도의 중국 어선들이 수평선을 가득
채운다.

10년 전에 3003함 타고 중국 어선을 봤을 때는

모든 시설(장비들)이 열악해 보였는데

최신 시설로 새 단장에 바다를 꽉 메운 중국 어선들을 보고 경
제 대국으로 발돋움 하고 있는

중국을 보는 것 같아 마음이 착잡하다

3일 항해 동안 우리나라 어선은 덕운호 한 척만 보았는데 우리
쪽 영해로 넘어온 중국 어선들에게

경고의 경적을 울려 바다의 수호신 3015함의

위엄을 보여주자

공해로 나간 중국 어선들

레이다 상으로는 200여 척도 더 넘게 보인다.

금어기에도 공해상에서 고기 잡는 중국 어선들을 보면서 우리

수산당국은 어떤 생각들로

밝은 미래 잘사는 어민들의 희망을 심어줄까?

우리 바다를 지키는 3015함은 중국 어선 고기 잡는 것만

지켜보고 있을 것인가

시인의 기도로 잘 사는 어민들을 기대해 본다.

3015함에서

– 항해를 마무리하며

수평선
푸른 파도가 원고지라면
얼마나 많은 시를 써야 할까
수평선
푸른 파도가
춤꾼의 춤사위라면
얼마나 오랜 세월
무한 광대의 무대에서
춤으로 늙을 거나

수평선
푸른 파도가 소리꾼의 소리라면
한을 풀어내는 물결 갈피
소리로다

파도 소리도 흥 타령이
되는구나.
항해 6일째
중국 어선 단속하다
홍도 2.5마일 앞에 와서

단정 훈련을 시작한다.
최고 속도 40노트
안개가 자욱한
20일 16시 40분
홍도 앞까지 갔다가

단정은
모함 3015함으로 돌아온다
단정 2호는 배에서
단정을 내리고 오르는 훈련 중
파도는 거의 없다
33°37.960′N
125°10.8430′E
00.7KTS 속도
167.7° 방위

2019. 06. 20. (목) 18:43
저녁 해가 구름 속에서
하루 일과를 끝낼 준비를 하고 있다

우리 영해라 보이는 모든 것
한가롭고 여유롭다
편안함이 바다에 대한 고마움
오늘 밤에는
감사의 기도를 드려야겠다.
서해 바다의 얼굴
3015함
류명호 함장님과 전대원
바다 지키는 국토의 수호신
모든 해양경찰들에게
고마움을 표한다.

6박 7일 내 항해일지는 끝이 아니라
새로운 시작이라고…

3015함에서

– 고마운 사람에게 그리움을 전하며…

망망대해

보이는 건

수

평

선

3015함은 섬이 되어 5일째 바다에 떠 흐르다 보니

그리운 사람 고마운 사람 얼굴이 떠오릅니다.

시인이 된 것이 자랑스럽고 행복합니다.

5월 22일 명예함장으로 위촉받은 날

시낭송도 하고 떡메도 치고

남북통일 기원, 해경 가족의 건강

어민들의 풍어를 기원하는

한마음 축제

그 화려한 행사가 있기까지

땀 흘려 준비했을

목포해양경찰서 채광철 서장님과 직원들, 옥영호 기획계장,

강성용 홍보실장, 전 직원에게 고맙다는 인사도 없이

3015함 명예함장 자격으로 바다에서 시만 건지고 있습니다.

3015함 류명호 함장님, 기관장 박영인 님,
김근홍 부장님과 대원들 6박 7일 함께 지내다 보니
정이 들 데로 들었습니다.

특히, 취사원들의 푸짐한 식탁에
지루한 바다 생활이 즐겁기만 합니다.
다 고맙습니다. 감사합니다.

살아 있는 한 뜨거운 가슴으로 열정으로 해양 시
자랑스러운 해양경찰을 노래하겠습니다.

파도는 푸른 산맥을 타고
하얀 그리움을 만들어 낸다. - 3003함에 부쳐

바다밖에 없었다.
아무리 둘러봐도
하늘과 바다뿐

배 난간에 부딪치는
파도 소리

파도는 하얀 꽃이었다.
꽃이 가득 피어난
바다의 뜨락
뜨락에서
3003함은
움직이는 커다란 섬이었다.

바다에 떠 흐르는 섬

섬은
파도에
시달리면서도
국토를 지키는

대한민국 해양경찰
초록 깃발을
그리운 이에게 보내는
엽서처럼
펄럭이며
가족의 건강을
국민의 건강을
염원하는 향수로
펄럭이고 있었다.

탁 트인 바다
나라지킴이
커다란 섬 3003함은
2008년 2월 20일
밤 10시 30분부터

새벽 6시까지 작전
불법 중국 어선 5척 나포
세찬 겨울 바다에서 큰 성과
승전고 울리듯

파도 소리도 세차게 울고 있었다.

겨울 바다는 한 치 앞도 내다볼 수 없는
요술 바다

살아남을 비법은
겸허, 겸손뿐

3003함은
함장, 기관장, 부장
전 대원이 하나 되어
바다를 삶의 터전
보람의 일터로 최선을 다하는 모습이
푸른 바다처럼 넘치는 희망으로 출렁이고 있었다.
해양경찰
바다를 삶의 터전
보람의 일터로 최선을 다하는 모습이
푸른 바다처럼 넘치는 희망으로 출렁이고 있었다.

해양경찰
바다를 싫어하면
세찬 겨울 바다 앞에
조금이나마 망설임이 있다면
나라지킴이 평화의 사신
이 바다는 누가 지키리오
비장한 각오들

바다는 말이 없다
파도의 높이는 3m
높이로 출렁이며 흔들리고
작전을 기다리는
해양경찰의 눈빛은
하얀 파도의 놀처럼
번뜩이고 있었다.

바다여
우리가 지키고
사랑해야 할
대한민국 삼면의 바다여

대한민국
해양경찰 24시간
불침번으로 지키고 있으니

해양, 바다에의 근심, 걱정, 염려
접어두고
맡은 바 일에 충실 하라
우리 모두 하나 되리니

바다는 영원히 간직해야 할
생명의 양식
어머니의 따뜻한 보금자리
삶의 보고

그 바다는 세계로 뻗어나는
우리네 희망이다
건강한 믿음이다
우리 해경의 강한
팔뚝 아래 세계의
바다가 열리고 있었다.

파도는 푸른 산맥을 만들고
포말은
하얀 그리움을 만들어 내는
보석
해양경찰의 기개였다

바다새

하늘 끝
망망대해로
새가 난다.

어디서 와서
어디 머물다
어디로 날아가는 걸까

동쪽 소식
서쪽 소식
전하러 어디로 갈까

수평선에
떠 흐르는
하얀 점이
보금자리로 보였을까

하얀 점
제민 9호
물과 숲이 무성한 섬으로 보였을까

새들의 눈에는…

우리 모두 한 무리 새가 되어주리.

출명

2020. 08. 12. (수)
8시 1509함 6박 7일간의 출동

12일 일몰 20분전
13일 일출 20분전

밤잠 안 자고 근무하는
해경대원들

바다에 그물을 던져
만선 꿈을 꾼
어부처럼

바다에서 기다린 지 4일
광복 75주년
수평선 끝에서 찬란하게 떠오르는
해를 본다.

전 승조원들 나와
광복절 행사 엄숙하고

경건하고
기쁨에 들떠
바다에 고마움을 전한다.

우리는
바다를 지킨다.
바다를 사랑한다.
'해경' 두 글자에 책임진다.
임무수호에 충실하겠다고 국기와 국민에 다짐한다.
충성!

바다에서 맞은 광복절

2020. 08. 15.
05시 44분
태극기가
바람에 펄럭인다.

2019년 8월 15일
광복유공자와
3011함에서
태풍으로 독도에 상륙하지 못하고 빗속에서
헬기 갑판에서 광복 행사를 성대하게 치렀는데

2020. 08. 15.
5시 44분
온 하늘에
붉은 기운이
새날을 맞는다.

붉은 구름 기둥이
동쪽에서 뻗어 왼쪽 가거도

이제
찬란하게 떠오르는
해를 보며, 아픔을 딛고
힘차게 일어나 보자
단결된 국민성

1509함 함장
정말 고맙습니다.
펄럭이는 태극기
수평선에 떠오르는 해

기관은 배의 심장이다

수면 아래
주 기관실의 큰 굉음 소리가 귓가를 울린다.

167여 개의 조밀한 장비들로 이루어진
경비함의 심장부서 3009함의 기관실
우유 빛깔처럼 깨끗하고 광채로 빛난
4만 마력의 기관 위력은 높은 파도를 사로잡는다.

'기관은 생명이다.'
닦고 조이고 기름칠하는 거친 손
뜨거운 열기로
그대의 굵은 땀방울은 옷을 적신다.

이곳이 해양경찰의 심장이다.

바다 위 한 끼 식사

8박 9일간 출동 중이다
긴 항해에 차려진 식사는
그야말로 성찬이다

좌우로 흔들리는 경비함
당직에 이어 표준일과 교육훈련을 끝내고
동료들과 마주한 식탁은 함박웃음이다

전문 조리사의 입맛 돋우는 식단
푸른 상추, 깻잎, 삼겹살 그리고 매운 청양고추
입안이 뜨겁다

땀 흘린 여름에 잘 먹는 것이 최고의 보양식이다
10분의 식사 시간 짧지만 즐겁다
그리고 감사하다.

백발 노장의 노래

"클레멘타인, 넓고 넓은 바닷가에"
딸 노래 한 소절이
저 수평선 끝에서 실려 온다.

생사고락을 함께한 바다
반백의 머릿결은
물결로 바람에 날린다.

목포해양대학 졸업
상선 승선 그리고
해양경찰 입사 22년째

서남해역을 지키며
쉼 없이 달려온 세월아
이제 얼마 남지 않았구나.

기관실은 배 심장
닦고 조이고 기름칠
매캐한 내음, 땀 젖은 작업복 차림 해양경찰관 김영규
어엿한 딸

클레멘타인 노래 귓가에 울러 퍼지네.
"아빠, 힘내세요.", "아빠, 힘내세요."
파도가 눈물이 되어
세차게 소리 내며 달래 주네

바다에서 보낸 한평생
후회는 없다고 소리 내어 운다.
깊은 파도 소리로…

최초의 여경에서 함장까지

바다는
금녀의 집

바다는
워낙 세차고 거칠어서
다가갈 수 없는
금녀의 벽

바다는
맑은 영혼의 쉼터

가거도에서

파도밖에 없다
떠 있는 것은 갈매기 뿐

아름다움과 아름다움이
맞물린
아름다울 가, 아름다울 가
가
가
도

갈매기
섬 갈매기만
가가 운다.

가거도

가거도로 가자
더 이상 갈 곳도
없을 것 같은
국토 최서·남단의 섬

가거도 섬
사람 살아가는 것도
그리움이다.

한 발자국 디디면
파도 소리
또 한 걸음 내디디면
동백꽃 피는 소리

상처받은 이 모두 모여라
청정해역에서 나오는
풍요로운 해산물
건강을 지켜 주리니

가거도

삶의 희열
살아가는 기쁨으로 넘치리니

가거도
파도 소리도 그리움이다.
사랑이어라

홍도여

하늘가 푸르른
꽃망울로 떨어져
푸르다 못해 붉어 버린 섬

홍도여!
한 촉의 난 향기가
뱃길을 밝히고
바다는 마침
생명을 잉태한다.

홍도의 사랑

홍도에 오면 석양을 보자
붉은 돌들이 보석이 되리니
이 귀한 다도해 보배 홍도를
아니 보고 섬을 어이 노래하리

사랑이여, 사랑이여
홍도의 사랑이여
신비로운 섬 영원으로 빛나리라

천상의 아름다움 바다에
뿌려졌느니 사랑을 주리는 이
홍도에서 타오르는 붉은 해처럼
뜨겁게 사랑 달구어 피어보네

사랑이여, 사랑이여
홍도의 사랑이여
신비로운 섬 영원으로 빛나리라

섬을 찾은 이유

섬에는

파도의 깊이만큼

푸른 유혹이 있어

비밀의 씨앗 찾아 나서네.

흑산도

흑산 항에는 노랫소리만
있었다.

흑산 항에는 그리운 사람을
보내는 아쉬움만 남아 있었다.

흑산 항에는
갈매기가 보이지 않는데…

엘레지여왕 이미자
흑산도 아가씨
노랫소리만
파도에 떠 흐른다.

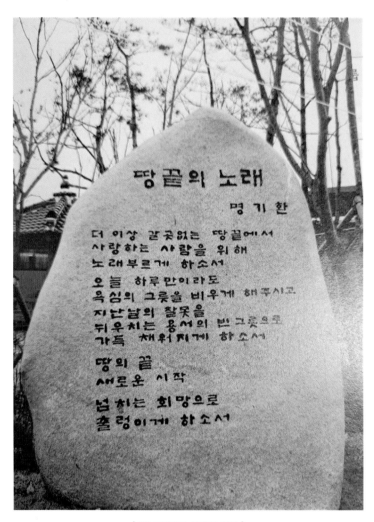

[해남 땅끝에 세워진 시비]

104

땅끝의 노래

더 이상 갈 곳 없는 땅끝에서
사랑하는 사람을 위해
노래 부르게 하소서

오늘 하루만이라도
욕심의 그릇을 비우게 해 주시고
지난날의 잘못을
뉘우치는 용서의 빈 그릇으로
가득 채워지게 하소서

땅의 끝
새로운 시작

넘치는 희망으로
출렁이게 하소서

고속단정

세찬 파도 위
단정에 몸을 맡긴 채
광개토대왕이
적토마를 타고
저 광활한
대륙을 누비듯

단정은
세찬 파도를 가르며
달린다.

우렁찬 구호 소리
단단한 팔뚝

임무를 위해
수평선을 가른다.

명예 승조원

1509함
입속으로
읊조리기만 해도
즐겁다

1509함
승조원들 만나면
의욕이 넘쳐난다

나도 어쩔 수 없이
영원한 1509함 승조원!

-김제수 부장이 우려내는 녹차를 마시며-
2020. 08. 16.

젠틀맨

1509함
안전팀장
정안철 경관

정! 정직하고
　　바르게

안! 안전하고
　　빠르게

철! 철저하고
　　정확하게

서해 바다 항해를 마무리하며

항해의 끝은
끝이 아니라 시작이네

24시간 수평선 망망대해에서
점 하나로 떠 흐르는 3009함

고된 훈련 속에서 어느덧 입항을 앞두고
마무리하며 바다를 향해 긴 심호흡을 한다.
휴식 시간을 기다린다.

바다에서 하루라는 시간은
육지에서 일주일 사는 것 같은 시간과의 줄다리기
2020. 07. 15 함내 방송을 통해 입항이 하루 더 연기된다

황금 같은 주말 가족과의 약속
기다려지는 이들의 간절한 마음
하루가 일주일처럼 버겁다

아 바다는 대답이 없다
너울성 파도가 출렁이듯

바다의 푸른 산맥을 가른다.

고된 항해 끝에 고마운 사람에게 안부 인사를 전한다.
정영진 서장님, 3009함 오훈 함장, 나승남 기관장, 홍성욱 부장
안전을 책임지는 김등삼 경위, 활동상을 렌즈에 담은 강성용 홍보실장
하루 세끼 정성을 다한 조리장과 취사 대원
그리고 3009함 승조원 여러분

해경 대원들의 눈빛은 살아있다
젊음의 생기가 돈다.
일흔여덟의 나이에 함께 생활하다 보니
한 삼십 년 젊은 청춘으로 돌아간 것 같다
해경이여! 영원하라

바다는 우리의 생명
바다야 고맙다.

내 나이 일흔여덟에

말을 하고 싶어도
참을 줄 알고
말을 듣고도 세 번 정도는
새겨 말을 아껴하기

남의 말은 조심조심
험담 절대 안 하기

느긋하고 기다릴 줄 아는
인내심 기르기
백발의 값어치
늙어갈수록
곱고 멋있게
늙어가는구나

아! 참
세상 잘 살았구나
잘 살아가고 있구나
감사하는 생활 습관
비우고

내려놓고

배려하고

상대방 먼저 챙겨 주는

하루하루 복된 생활

책을 읽고

글을 쓰고

하루 30분 이상 걷기 운동

하루의 보람된 생활이

살아 있는 동안 영광으로 남기를 기도합니다.

(사족)

2020년 7월 9일~7월 17일까지 8박 9일간 3009함 승선하여

바다는 말이 없다

"바다는 겸손한 자만이 살아남는다."는 교훈을 배우며…

청자의 혼

살풀이로 혼을 달래듯
하이얀 소복
선이 고와 날을 세우고
그 푸르른 흔들림에
빙글빙글 돌다

꽃잎 피여오르듯
애틋한 손놀림에
그리움은 정녕
파도 되어 우는가.

무희는 속살만 드러내 놓고
청자빛 속에
부끄러움을 감춘다.

가거도 멸치잡이 노래를 들으며

섬은
살아 있다.
살아 꿈틀거리고 있다.

아픈 가슴을
상한 얼굴들을
비비 틀고 몸부림치고

술에 취한 듯 바다에 취한 듯
신들린 듯 두들기는 장구
꽹과리, 징, 북…

그 소리 어울려
섬이 살아
떠 흐르듯 하다
가
거
도

118

장도

그리운 사람이 사는 곳에는
그리움도 묻어난다.

섬이 길어 장도
흑산도에서 손을 내밀면
금방 손안에
들어올 것 같은 섬
장도

장도는
오아시스 섬이다.

람사르 습지에서
펑펑 쏟아나는 물
섬개개비, 긴꼬리딱새, 흑비둘기, 팔색조 새들의 서식지

장도는
그야말로
힐링의 섬이다.

바다와 더불어 살아온 명기환 시인

1966년 동국대 국문학과 졸
        경희대학교 교육대학원 졸
        미국 솔로몬대학교 명예문학박사
1963년 목포에서 「출항」 시화전,
        『목포에 오면 섬에 가고 싶다』 외 시집 및
        시화첩 12권 발행
2002년 10월 1일 광명함 명예함장
2002년 10월 8일 광개토대왕함 명예함장으로
        9개국 13개항 115일 시를 찾아 항해
2005년 목포덕인고등학교 정년퇴임(녹조근정훈장)
2008년 해양경찰청 민간인 최초 명예해경(경감)
2008년 3003함 승선(7박 8일)
2009년 5001함 승선(7박 8일) 울릉도, 독도 탐방
2018년 해양경찰 홍보대사 경정(위촉)
2019년 목포해경 3015함 명예함장 임명
2019년 목포해경 3015함 승선(6박 7일)
2019년 8월 15일 3011함 승선(2박 3일, 독립유공자 가족들과 독도)
2019년 해양경찰교육원 특강
2020년 7월 목포해경 3009함 승선(8박 9일)
        서해해역 코로나19 차단활동중인 경비함 체험
2020년 8월 목포해경 1509함 승선(6박 7일)
현) 한국문인협회 목포지부장 역임 및 고문
현) 목포 신안, 전남 예총 고문
현) 한국문인협회 자문위원

공감시인선 22
희망을 꽃 피우는 해양경찰
ⓒ 명기환, 2020

지은이_ 명기환

발행인_ 이도훈
펴낸곳_ 도서출판 도훈
초판발행_ 2020년 10월 9일

사무실_ 서울시 서초구 법원로3길 19 2층, wl09호
          (서초동, 양지원빌딩)
전 화_ 010-6722-4621, 0507-1453-4621
팩 스_ 0504-227-4621
이메일_ flyhun9@naver.com
홈페이지_ www.dohun.kr

ISBN_ 979-11-89537-52-4 03810
정 가_ 11,500원

「이 도서의 국립중앙도서관 출판예정도서목록(CIP)은 서지정보
유통지원시스템 홈페이지(http://seoji.nl.go.kr)와 국가자료공동목록
시스템(http://www.nl.go.kr/kolisnet)에서 이용하실 수 있습니다.
_CIP2020040362」